인구 1퍼센트,
나는 일본의
그리스도인입니다

홍림의 마음

넓고 붉은 숲이라는 중의적 의미를 담고 있는 〈홍림〉은, 세상을 향해 추구해야 할 사유와 행동양식의 바람직한 길을 모색하고자 노력하고 있습니다. 폭넓은 독자층을 향해 열린 시각으로 이 시대의 역할 고민을 감당하며, 넓고 붉은 숲을 조성하는데 〈홍림〉이 독자 여러분과 함께 합니다.

인구 1퍼센트, 나는 일본의 그리스도인입니다

지은이   양주한·이상덕
펴낸이   김은주

1판 1쇄 인쇄   2021년 8월 10일
1판 1쇄 발행   2021년 8월 15일

펴낸곳   홍 림
등록   제 312-2007-000044호17
전자우편   hongrimpub@gmail.com

값은 표지에 있습니다.
ISBN 978-89-6934-029-0 (03810)

인구 1퍼센트,
나는 일본의
그리스도인입니다

양주한 · 이상덕 씀

홍림

일러두기

1. 이 책에 등장하는 인물들은 실존인물들이며 일부는 실명이 아닌 가명을 사용하였습니다.

2. 본문에 들어간 삽화는 등장인물들의 실제 모습에 바탕해 그린 것이나, 가명을 사용한 인물들에 한해 삽화작가가 창작해 그렸습니다.

3. 본문 일부의 *표시는 독자들의 이해를 돕고자 만든 주석 표시로 본문 52-53쪽에 미주로 처리해 넣었습니다

머리말

작년에 홍림으로부터 글을 청탁받았을 때, 어리둥절했습니다. 나는 글을 잘 쓰는 사람도, 유명한 선교사도 아니기 때문입니다. 그러나 출판사가 요청한 테마를 보고 생각이 바뀌었습니다. '선교사들이 현지에서 경험한 일본 그리스도인들에 대한 이야기'라고 했습니다. 나의 이야기가 아니라 남의 이야기라면 쓸 수 있겠다 싶었습니다. 그리고 가벼운 마음으로 글을 쓰기 시작했습니다.

그런데 그게 쉬운 일이 아니었습니다. 팩트체크를 위해 이야기의 주인공이 되는 분의 이야기를 들어야 했는데, 한 시간을 들으러 세 시간 이상이 되는 거리를 왕복하기도 했습니다. 글로는 다 옮기지 못한 비하인드 스토리까지 들으며, 원고 제안을 쉽게 수락한 것을 후회했습니다. 인터뷰한 두 분의 묵직한 스토리를 서툰 문장으로 옮길 자신이 사라졌기 때문입니다. 그러나 두 분의 인생 안에서 주님의 숨결을 깊이 느낀 이상 전하고 싶었습니다. 그래서 기도했습니다.

이 책은 일본에서 사역하는 두 명의 한국인 선교사가 썼습니다. 양주한 선교사와 내가 서로 다른 스타일의 선교를 하듯이, 두 사람의 글쓰기도 서로 다른 것이 특징입니다. 내가 해당 인물의 전체 인생을 거시적으로 간략히 서술하는 형식을 취했다면, 양 선교사님은 해당 인물과 함께 나눈 대화를 중심으로 미시적으로 묘사하는 형식을 취했습니다.

나카에 요이치 목사님과 안소순 명예집사님에 관한 이야기를 내가 썼고, 슌스케 님과 케이코 님, 하루코 님에 관한 이야기를 양 선교사님이 썼습니다. 우연같은 만남들이 한 사람을 그리스도인, 나아가 목사로 이끈 이야기(나카에 요이치), 교회를 떠났다가 질병 속에서 오히려 주님에 대한 사랑이 회복되는 이야기(슌스케), 재일동포로서 겪어야 했던 역경을 복음으로 극복한 이야기(안소순), 마음의 병에 시달리다가 말씀으로 소생하는 이야기(하루코), 암에 걸려 힘겨워하던 신앙인이 영생의 소망으로 기쁨을 회복하는 이야기(케이코). 이 책에는 이렇게 다섯 이야기가 실려 있습니다.

　　　양주한 선교사님을 만난 세 분이 양 선교사님을 통하여 주님의 위로와 은혜를 경험하게 되었던 이유를 추론해 보았습니다. '양주한'이라는 인생에 감당하기 힘든 역경이 몇 번 있었음을 양 선교사님을 통해 들었던 적이 있습니다. 그래서 선교사님은 세 분의 아픔에 충분히 공감하고 보듬을 수 있는 깊은 영성의 소유자가 되시지 않았을까….

　"우리의 모든 환난 중에서 우리를 위로하사 우리로 하여
　금 하나님께 받는 위로로써 모든 환난 중에 있는 자들을
　능히 위로하게 하시는 이시로다"(고린도후서1:4).

이러한 맥락에서, 편견과 아픔을 딛고 쓰여진 『느려도 괜찮아 빛나는 너니까』의 저자 장누리 작가님이 삽화를 맡아주셔서 참 기쁩니다.

마지막으로 꼭 언급하고 싶은 분들이 있습니다. 기독교대한감리회 일본선교교회 담임 조사옥 목사님. 이분과의 만남이 어느새 만 20년입니다. 일본 선교사들을 세우는 특수목회에

만 21년 이상 한 우물만 파셨습니다. 자체 건물도 없고 교인 수도 많지 않은 일본선교교회를 통해 목사안수를 받고 일본으로 파송된 목사가 양 선교사님(1호)과 나(2호) 외에도 수명이 있습니다. 그 외에도 일본선교교회를 거친 후 여러 형태로 일본에 와 있는 두 자릿수의 얼굴들, 한국에서 같은 마음으로 묵묵히 섬겨주시는 그리운 얼굴들, 끝으로 선한목자교회에서 일본선교교회로 보냄을 받아 일정기간 섬겨주시는 '파송선교사님들'이 떠오릅니다. 주님, 감사합니다.

이 책을 읽는 독자들이 일본 그리스도인들의 애환을 조금이나마 알 수 있기를 기대합니다. 한일 갈등 및 힘든 코로나 시기에 용기를 내어 출판을 감행하신 홍림의 김은주 대표님과 직원분들에게 진심으로 감사의 말씀을 드립니다.

2021년 6월
미요시(三次) 교회에서 두 사람을 대표하여
이상덕 드림

차 - 례

머리말 5

재일동포로서 겪어야 했던 역경을 복음으로 극복하다
안소순(安小順) 명예집사 이야기   10

교회를 떠났다가 질병 속에서 주님에 대한 사랑이 회복되다
슌스케(俊介) 씨 이야기   19

우연과 같은 만남들이 한 사람을 그리스도인, 나아가 목사로 이끌다
나카에 요이치(中江洋一) 목사 이야기 28

암에 걸려 힘겨워하던 신앙인이 영생의 소망으로 기쁨을 회복하다
케이코(啓子) 씨 이야기 37

마음의 병에 시달리다가 말씀으로 소생하다
하루코(春子) 양 이야기 44

주석 52
후기 54

2019년 9월 어느 주일 오후, 노인복지시설에 사는 안소순 집사의 입은 다물어지지 않았습니다. 재일대한기독교회*(이하 KCCJ)미요시교회 성도들이 안소순 집사가 있는 시설에 모두 방문했기 때문입니다. 그녀의 눈에서 눈물이 흘렀습니다. 만 100세를 맞이한 어르신은 모두의 활짝 웃는 얼굴 앞에 계속해서 눈물을 흘리며 기뻐했습니다.

　　경상남도 합천군 청덕면 대부리의 어느 집에서 안소

순이라는 이름의 여자아이가 태어난 것은 1919년 삼일운동으로부터 반 년이 지난 후였습니다. 여자아이는 십대 후반에 일본으로 시집을 갔습니다. 상대는 일본으로 건너온 조선인 남성이었고, 그는 이 결혼이 재혼이었습니다. 그들이 일본의 어디 어디에서 살았는지는 잘 모릅니다.

　　　한 가지 확실한 것은 원자폭탄이 투하되기 직전까지는 히로시마(広島) 시에 살았다고 합니다. 태평양 전쟁 말기,

다른 주요 도시들은 모두 공습을 당했는데 군사도시인 히로시마만 무사한 게 수상했다고 합니다. 그러나 히로시마도 곧 공습이 임박했다는 소문이 돌았습니다. 뭔가를 예감한 사람들은 모두 다른 곳으로 피신했습니다. 안소순 씨 가족도 내륙 산지인 미요시(三次)로 피신했습니다.

어느 날 미요시 역에 신음하는 부상자들을 가득 실은 기차가 들어왔습니다. 히로시마에 원자폭탄이 떨어진 다음 날이었습니다. 미요시 전체는 커다란 충격에 빠졌습니다. 안소순 씨 가족이 미요시에 오고 적응도 채 끝나지 않았을 때였습니다.

패전 이후의 일본은 어디에 있든지 살기 힘들었습니다. 재일 한인들은 더 힘들었습니다. 빵의 문제와 씨름하면서 동시에 주위의 차별과 조롱이라는 괴물과도 싸워야 했습니다. 당시 미요시의 대다수 재일 한인들은 이나리마치(稻荷町)라는 부락(현재 KCCJ 미요시 교회가 있는 지역)에 모여 살았습니다. 편견과 경멸의 동네였습니다.

부부는 함께 저녁 늦게까지 일을 해야 했습니다. 삶

의 무게에 짓눌린 남편은 가끔 술을 먹고 안소순 씨를 때렸습니다. 아이들을 위해서 버텨야 했습니다. 다시 조선에 돌아갈 수도 없어서 견뎌야 했습니다.

어느 날 누군가의 권유로 어느 집에 가보게 될 기회가 있었습니다. 예배를 본다는 것이었습니다. 가보니 누군가의 인도로 찬송도 부르고 기도도 했습니다. 예수가 누구인지 잘 몰랐지만, 왠지모르게 노래하고 기도하면 속이 후련해지고 즐거웠습니다. 이렇게 안소순 씨는 예배자가 되었습니다. 1년 후에는 목사님이 부임해 오셨습니다. 1948년 10월 25일은 목사님과 함께 처음으로 예배를 드린, KCCJ 미요시교회의 창립일입니다. 안소순 씨도 얼떨결에 교회창립 멤버가 되었습니다.

당시 재일한인들에게는 직업이 제한되었습니다. 게다가 안소순 씨는 글도 몰랐습니다. 딸로부터 자신의 일본식 이름인 松浪安子(마츠나미 야스코)라는 한자 네 자만 열심히 외웠을 뿐, 한글과 일본어 모두 읽을 줄도, 쓸 줄도 몰랐습니다. 글은 몰랐지만 살아남기 위해 무슨 일이든지 했습니다. 집 근처 텃밭에서 열심히 농사 일도 해보았습니다. 폐품을 회

수해서 파는 일도 했고 돼지를 치는 일도 했습니다. 힘들게 일을 하며 자녀들을 키워야 했습니다. 그러면서 무거운 책임감에 지쳐버린 남편의 학대도 견뎌냈습니다.

원래 안소순 씨는 흥이 많은 사람이었습니다. 동포 부인들과 함께 집에서 레코드 판 음악에 맞추어 춤을 추며 웃는 모습이 참 보기 좋았다고, 안소순 씨의 막내 따님은 증언합니다. 그러나 그러한 자기다움은 차별과 가난 속에서 잊혀졌습니다. 이 자기다움이 다시 회복될 수 있었는데 예배를 통해서였습니다. 안소순 씨는 예배를 드리며 고향에 대한 그리움을 삭였습니다. 성경 말씀을 통해 자신의 가치를 확인했습니다. 세상은 자기를 비웃고 경시했지만, 말씀을 통해 자신이 얼마나 존귀하고 소중한 하나님의 딸인지를 확인할 수 있었습니다. 오랜 시간이 지나 남편도 예배의 자리에 나오게 되었고, 어느새 예수님을 믿게 되었습니다. 자녀들에게도 귀한 믿음이 이어졌습니다.

미요시에 부임하고 몇 주 후에 처음으로 이분이 계신 시설을 방문했을 때입니다. 그분의 방에서 짧은 예배를 함께 드린 후, 커피를 좋아하신다기에 미리 준비해 간 작은 캔커피를 드렸습니다. 커피를 건네받은 안소순 집사는 드시기 전에 고개를 숙였습니다. 처음엔 뭘 이런 것까지 다 기도하시나 싶었습니다. 그런데 이분의 인생 여정을 조금 알게 된 후에 숙연해졌습니다.

'아, 이분은 이렇게 기도하지 않으면 그 치열한 인생길을 걸어오실 수 없었겠구나……'

현재는 코로나 관계로 안소순 집사님을 만날 수가 없습니다. 속히 코로나의 안개가 지나가서 다시 함께 예배 드릴 날이 오기를 학수고대하고 있습니다.

슌스케(俊介) 씨 이야기

교회를 떠났다가 질병 속에서 주님에 대한 사랑이 회복되다

"선교사님, 저희 집에 한번 방문해 주시지 않겠습니까?"

어느 주일, 설교가 끝나고 집으로 돌아올 때 즈음에 마사코 (正子) 씨가 다가왔습니다.

"네, 물론 방문하겠습니다. 그런데 무슨 일이지요?"
"저희 남편이 파킨슨 진단을 받은 이후에 몇 년간 교회를 나오지 않고 있습니다."

마사코(正子) 씨는 교회에서 회계를 담당하며 교회봉사 활동을 열심히 하는 교인입니다. 인구 1퍼센트에 불구한 일본 안에서 신앙생활을 하며 아들 두 명을 목사의 길로 인도하였습니다.

며칠 후 마사코 씨의 집을 방문하였을 때 남편 슌스케 씨는 휠체어에 앉아 있었습니다. 표정은 무척 어두워 보였으나 내심 오래 기다렸다는 듯 가정방문을 반갑게 맞아주었습니다.

　"오랫동안 교회예배에 참석하지 못하고 계셔서 방문했습니다. 괜찮으시면 함께 말씀과 기도의 시간을 갖고 싶습니다."

가정예배를 위해 모두 앉은 자리에서 우리는 말씀을 읽고 묵상을 나누었습니다. 대화도중 슌스케 씨가 성경본문과 관계없이, 이전에 다녔던 교회에서 받은 상처 이야기를 꺼냈습니다. 이전에 다녔던 교회는, 한국교회의 영향을 받은 담임목사님이 성령운동을 시작했고 교회는 급성장했다고 합니다. 그

러나 몇 년 후 교회에 재정문제와 목회자의 가정문제가 생기면서 교회는 분열되었습니다. 그 과정에서 슌스케 씨는 많은 상처를 받았고, 오랫동안 몸담았던 교회를 떠나와 지금의 교회로 왔다고 고백했습니다.

그의 말을 경청하는 동안 가슴이 아팠습니다. 오랜 이야기를 다 듣고 나는 슌스케 씨에게 질문했습니다.

"그런데 최근에는 왜 교회에 나오지 않고 계십니까?"
"부끄러워서 그렇습니다. 건강했던 제가 몸을 잘 움직일 수 없게 되었습니다. 제 가정에서 아들 두 명이 목사가 되었는데, 하나님은 왜 나에게 이런 몹쓸 병을 주셨을까요? 병들어 움직이지 못하는 모습을 교회 사람들에게 보여주기 싫습니다. 사람들이 나를 향해 하나님으로부터 벌을 받았다고 수근거릴 것 같아 두렵습니다."

그러면서 자신이 병에 걸린 것이 죄에 대한 하나님의 벌인지, 아니면 혹 악령이 역사하여 병이 생긴 것은 아닌지 물었습니다. 성경에도 귀신에 사로잡힌 사람들이 나오고 있지 않냐고 반문했습니다.

그의 한탄과 질문은 마치 어둠 속에 나아갈 길을 발견하지 못하고 헤매는 신음소리 같았습니다. 지금 겪고 있는 파킨슨병은 그의 근육보다 그의 마음과 영혼을 더 빠르게 경직되게 하는 것처럼 보였습니다. 정기적인 재활훈련을 통해 근육은 돌봄을 받고 있지만 그의 마음과 영혼은 누구로부터도 돌봄을 받지 못하고 있었습니다. 그에게 아무 대답을 하지 못했지만, 그가 지금 얼마나 큰 고통 속에 지내고 있는지는 직감할 수 있었습니다.

"글쎄요, 너무나 어려운 질문이네요. 저도 아직 잘 알지 못하겠습니다. 답을 찾기까지 함께 한 달에 한 번씩 성경을 묵상하는 시간을 가지면 어떨까요? 주님께서 말씀을 통해 대답을 주시지 않을까요?"

슌스케 씨는 내 제안에 찬성했습니다. 교회예배에 참석하지 못하고 있던 그는 마음속으로부터 말씀에 대한 갈급함이 있었던 것 같았습니다. 그렇게 우리는 첫 가정예배 후에 매월 만남과 묵상 나눔을 가졌습니다.

그리고 슌스케 씨와 묵상을 나눈지 1년 반 정도가 지났을 무렵이었습니다. 성경묵상 시간에 슌스케 씨가 기쁜 얼굴로 묵상한 내용을 나눴습니다

"선교사님, 이제야 요한복음 9장 1-3절의 '이 사람이 나면서부터 맹인이 된 것은 이 사람 죄로 인함도 그 부모의 죄로 인함도 아니다. 오직 그에게서 하나님의 영광을 나타내고자 하심이다'는 말씀을 분명히 알 것 같습니다."

"……."

"파킨슨에 걸리기 전에 하나님은 나의 삶과 별 관계가 없는 멀리 계신 하나님이었습니다. 하지만 병이 걸린 후 저는 매일 하나님을 갈망했습니다. 저는 오랫동안 불안과 두려움, 원망과 탄식 속에 있었지만 그 모든 것이 하나님을 향한 갈망이었습니다. 그런데 어느 날 저

를 하나님께서 말씀을 묵상하고 함께 기도하는 길로 인도하여 주셨습니다. 저는 건강할 때 알지 못했던 하나님의 은혜를 병상에서 깊게 체험하였습니다."

그는 이제 분명히 확신한다고 했습니다. 그의 병이 그의 죄나 가족의 죄 때문이 아니고 또한 악령에 사로잡혔기 때문도 아니며, 오히려 하나님께서 지금 자신을 통해 하나님의 영광을 나타내기를 원하신다는 것을 분명히 알게 되었다고 기뻐했습니다.

"이제 더 이상 파킨슨의 원인에 대하여 궁금하지 않습니다. 오히려 분명한 것은 이 병에 걸려있는 나를 하나님께서 그분의 영광을 위해 사용하시리라는 확신입니다."

현재 슌스케 씨의 몸은 많이 회복이 되었습니다. 휠체어에 의존해야만 했던 데에서 이제는 집 안에서는 스스로 걸어다닐 수 있게 되었습니다. 그리고 그는 파킨슨 병에 걸린 이웃들에게 간증을 하며 하나님의 사랑을 전하고 있습니다. 가능한 교회의 예배에도 출석하여 때때로 말씀묵상과 기도, 찬양 봉사를 하기도 합니다.

나카에 요이치(中江洋一) 목사 이야기

우연과 같은 만남들이 한 사람을 그리스도인, 나아가 목사로 이끌다

1962년 5월 24일, 나카에 요이치(中江洋一, なかえ・よういち) 라는 남자아이가 태어난 곳은 나가사키(長崎)였습니다. 1945 년 여름에 원자폭탄이 떨어졌던 곳이며 에도시대 초기의 가톨 릭 순교지였던 곳입니다. 요이치의 어머니는 소설『침묵』*의 무대가 된 곳 출신이며, 아버지는 가혹한 탄압에 저항한 키리 시탄*들이 일으킨 '시마바라의 난'*이 일어난 곳 출신입니다. 두 분은 모두 불교집안에서 성장했습니다. 그들 부부 사이에 서 요이치는 막내로 태어났습니다.

소년은 어릴 때부터 활동적이었습니다. 할아버지의 영향으로 낚시에 능했고, 체력만 되면 계속 떠 있을 정도로 수영도 도사급이었습니다. 운동신경도 뛰어나고 머리도 좋아서 중학교 때 시작한 테니스는 고교 때 담당교사 대신 훈련 프로그램을 다 짤 정도였습니다. 팀이 나가사키 시에서 우승했을 때는 참 기뻤을 것입니다.

나카에 군은 오사카(大阪)의 어느 사립대학에 들어갔으나 공부는 게을리해서 졸업할 때까지 6년이 걸렸습니다. 그때는 꿈도 목표도 없었습니다. 공부보다 아르바이트가 더 재미있었습니다. 그러다가 어느 날 패밀리 레스토랑에서 함께 아르바이트를 하던 한 여대생에게 관심을 갖게 되었습니다. 알고 보니 재일 한인이었습니다. 게다가 그리스도인이었습니다. 일찍 돌아가신 그녀의 아버지가 한국에서 건너온 감리교 선교사였다고 합니다. 여성은 재일대한기독교회에 속한 어느 교회를 다니고 있었습니다.

그가 그녀의 권유로 교회를 처음 간 것은 평일 부흥회가 있던 날이었습니다. 늦게 갔는데 안내위원은 그를 가장

앞자리로 안내했습니다. 강사는 한국에서 온 목사였습니다. 하필 그때만 일본어 통역이 없어서 그는 강사의 이야기를 전혀 알아들을 수가 없었습니다. 앉아 있는 내내 아주 고통스러운 시간을 보냈습니다. 속으로 다시는 교회에 오지 않으리라 다짐했습니다.

그러나 그 교회의 평일 청년회 모임에는 가보았습니다. 그를 맞아준 재일 한인 청년들은 모두 일본어가 능숙해서 말이 잘 통했기 때문입니다. 그는 그 모임에 계속 나갔습니다. 80년대였던 당시는 지문날인거부운동* 등 재일한인들의 인권문제가 사회의 주요 관심사였던 때였습니다. 나카에 역시 재일 한인 청년들과 그 주제에 관련해 자주 얘기를 나누었습니다. 어느 때부터 그들의 입장에서 재일한인의 인권문제를 바라보기 시작했습니다. 그런데 아주 힘겨운 싸움을 하고 있는 그들이 지치지 않고 마음의 평화를 누리는 비결이 어디에 있을까 궁금해지기 시작했습니다. 그러면서 그들이 믿는 하나님이 알고 싶어졌습니다.

　　청년회 모임이 계기가 되어 그는 본격적으로 일요일

에 교회에 나가기 시작했습니다. 좋아하는 여성이 여러 번 권해도 가지 않았던 주일 예배에 스스로 가게 된 것은, 청년회에 속한 친구들 모두의 영향이었습니다. 주일 예배 후에 많은 사람이 그를 따뜻하게 환영해 주었습니다. 그러나 어떤 장로님은 자기를 봐도 모르는 체했습니다. 아무튼 예배는 계속 나갔습니다. 예배 안에서 특별히 극적인 은혜를 경험한 적은 없었습니다. 그러나 그렇게 주일을 계속 지키다가 세례도 받고 집사도 되었습니다.

좋아하는 여성과의 데이트는 계속되었고, 결혼까지 생각했습니다. 그러나 여성의 어머니가 강하게 반대했습니다. 그러다가 어느 때부터인가 다니던 직장을 그만두고 신학교에 가고 싶은 마음이 생기기 시작했습니다. 목사가 되겠다는 생각은 없었습니다. 자신이 믿는 하나님을 깊이 알고 싶었을 뿐입니다. 신학교에 간다고 하니 뜻밖에도 여성의 어머니가 결혼을 허락했습니다. 교회에서 아는 체도 안 하시던 장로님이 자기에게 따뜻하게 악수를 해주신 건 기적이었습니다.

결혼하고 아들이 태어난 후에 그는 고베(神戸)에 있

는 신학교에 입학했습니다. 대학 때는 열심히 공부하지 않았던 그였지만 신학교에 들어가서는 아주 치열하게 공부를 했습니다. 나카에는 조금씩 목사가 되도록 인도하시는 것을 느꼈습니다. 그에게 난생처음 진짜 꿈과 목표가 생겼습니다.

억압을 견뎌온 재일 한인들을 섬기는 목사가 되고 싶어졌습니다. 신학교 졸업 후에 나카에 씨는 바다를 건너가 몇 년간 한국을 경험하기도 했습니다. 그리고 드디어 KCCJ의 목사가 되었습니다. KCCJ에 속한 순수 일본인 출신으로는 최초로 신학교에 가서 목사까지 된 케이스였습니다. 현재 그는 KCCJ 히로시마(広島)교회의 담임목사입니다. 내가 섬기는 미요시(三次)교회에서 가장 가까운 곳에 있는 재일대한기독교회에 소속된 교회입니다.

나카에 목사의 예배 사회를 처음으로 지켜본 적이 있습니다. 예배에 참여한 회중들은 모두 일본어로만 예배하는 재일 코리언들이었습니다. 그런데 예배에서 특이점을 발견했습니다. 나카에 목사는 예배 순서를 일본어로 진행했습니다. 그러면서 유독 찬송가를 부를 때는 한국어로 부르는 것이었습니

다. 호기심이 생긴 나는 예배가 끝난 후 조용히 다가가 물었습니다.

　"목사님, 회중은 모두 일본어로 찬송가를 부르는데 목사님은 굳이 한국어로 부르시더군요. 뭔가 소신이 있으신가요?"

그랬더니 나카에 목사가 대답하였습니다.

　"저는 처음부터 찬송가를 한국어로 부르기 시작해서 이제는 일본어로 찬송가를 못 불러요. 일본어로 부르면 박자가 어긋나버려서요. 하하하!"

케이코 (啓子) 씨 이야기

암에 걸려 힘겨워하던 신앙인이 영생의 소망으로 기쁨을 회복하다

케이코 씨는 몇 년 전에 유방암 수술을 받았습니다. 수술은 성공적이어서 걱정 없이 잘 지내고 있었습니다. 그런데 1년 전 즈음에 오른쪽 팔이 잘 올라가지 않아서 병원에서 진찰을 받았습니다. 진단 결과 암이 폐로 전이되었다고 했습니다. 당초 초기 유방암이었기 때문에 큰 걱정을 하지 않고 항암치료도 잘 받았는데, 암이 폐로 전이되었다는 청천벽력 같은 진단 결과를 듣고 케이코 씨는 큰 충격을 받았습니다. 케이코 씨는 폐로 전이된 암을 제거하는 수술을 받은 후 항암치료에 들어

갔습니다. 그런데 항암치료제가 몸에 잘 맞지 않아서 여러 가지 부작용으로 고생을 하고 있었습니다.

"선교사님, 저는 젊은 시절 믿음을 가진 후 일평생 열심히 신앙생활을 하며 살아왔어요. 그런데 하나님은 왜 인생의 말미에 축복 대신에 암을 주셨을까요? 이제 저는 죽게 되는 걸까요?"

안타까운 마음 가운데 마가복음 4장 35절 이하에 주님이 큰 돌풍을 잠잠케 하시는 기적이 생각났습니다. 큰 광풍이 불어 제자들은 두려움에 휩싸였지만 주님께서는 그 폭풍 속에 곤히 주무시고 계셨습니다. 그 기사에서 제자들은 주님에게 왜 우리를 돌보지 않으시냐고 물었고, 일어나신 주님께서 폭풍을 잠잠케 하시며 제자들에게 믿음을 가지라고 하셨던 말씀입니다.

"주님께서 말씀하신 믿음이 35절 말씀에 있다고 생각합니다. '주님께서 제자들에게 이르시되 우리가 저편으로

건너가자.' 배를 타고 갈릴리호수를 건너가기로 정하신

것은 예수님입니다. 왜냐하면 그곳에 주님께서 이루실

사명이 있기 때문이었죠. 돌풍과 광풍이 주님이 명하신

목적지를 바꿔놓을 수는 없습니다. 우리의 인생의 목적

지를 결정하는 분도 주님입니다. 중요한 것은 주님께

서 내 인생에 어떤 목적지를 명령하고 계시냐가 아닐까

요."

케이코 씨는 한달 간의 집중치료를 받고 일상으로 복귀하였

습니다. 지금도 정기적으로 항암치료를 받고 있습니다. 퇴원

후 교회에서 간증시간을 가졌습니다.

저는 입원 중에 신비한 하나님의 인도하심을 경험했습니다.
같은 병실에 암환자와 사귀게 되었는데 그녀는 병에 대한
심한 두려움을 가지고 있었습니다. 왜냐하면 그녀의 절친한
친구가 암으로 사망했기 때문입니다. 그녀의 친구는 목사였
는데 암 진단을 받아 입원치료를 받고 있으면서도 '자신은
죽지 않으니 걱정하지 말라'고 병문안 온 사람들을 오히려

위로하였다고 합니다. 그런데 그런 친구가 한 달만에 사망했다고 합니다. 친구의 갑작스럽고 허망한 죽음을 지켜본 그녀는 '자신은 죽지 않는다'고 말했던 친구의 말이 너무나 큰 거짓말로 느껴져 큰 배신감으로 다가왔다고 합니다. 그 후 7년 동안 친구와 친구의 하나님을 원망하였다고 합니다.

그런데 그 이야기를 나누는 동안 제가 알게 된 것이 있습니다. 알고보니 그 목사님은 저도 잘 알고 있는 분이었습니다. 목사님은 신앙심이 매우 깊은 분이었습니다. 신비하게도 저는 이 병실에서 친구의 친구를 만나게 된 것입니다. 저는 이 사실을 하나님의 인도하심으로 느끼고, 낙심한 그녀에게 하나님의 복음을 전했습니다. 친구 목사님은 결코 거짓말을 한 것이 아니라고 말이지요.

그 친구 목사님이 '죽지 않는다'고 말한 것은 우리에게는 영원한 생명이 있기 때문입니다. 육체는 죽음을 경험하지만 영은 영원합니다. 하나님은 우리를 죽음에서 영원한 생명으로 이끄시는 분입니다. 그녀는 나의 말에 경청하였고 그녀도 우리의 만남에 깊은 의미를 부여했습니다. 퇴원 후 저와 그녀는 계속하여 연락하며 이야기를 나누고 있습니다.

그 만남을 통해 하나님은 병상에서 저에게 새로운 삶의 목적을 주셨습니다. 복음과 영원한 생명을 전하라는 사명입니다. 이상하게 들릴지 모르겠지만, 저는 병중에서도 건강하게 살려고 합니다. 병에 지지 않고 밝고 기쁘게 지내고 싶습니다. 하나님께 영광을 올리며 앞으로 일어날 하나님의 역사를 목도하며 살고 싶습니다. 저를 위해 기도하여 주시기 바랍니다.

현재 케이코 씨는 지역 기독교 사립대학교 채플에서 한 달에 한 번 설교를 합니다. 하나님의 사랑과 영원한 생명에 대해 젊은이들에게 자신의 간증을 나누며 은혜를 증거하는 증인으로 살고 있습니다.

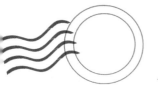

하루코(春子) 양 이야기

마음의 병에 시달리다가 말씀으로 소생하다

이노우에(井上) 씨 부부는 15년이 넘게 별거(?)를 하고 있는 중입니다. 부부 사이가 좋지 않기 때문이 아닙니다. 일본에는 잦은 출장 때문에 함께 살지 못하는 부부가 상당수 됩니다. 이노우에 씨도 직장 발령으로 몇 년 간 해외근무를 하였고, 일본에 돌아온 후에도 집과 먼 지역에 발령을 받아 오랫동안 가족과 떨어져 지내고 있습니다. 의과대학에 진학한 아들의 학비를 내기 위해서라도 직장을 그만 둘 수는 없는 형편입니다.

이노우에 씨 부부에게는 의대생인 아들 외에 딸 하루코가 있습니다. 이 가정에 슬픈 일은 하루코가 고2가 되었을 때 일어났습니다. 수학여행을 가는 비행기 안에서 하루코가 갑자기 기립을 한 채 앉을 수가 없는 상태가 된 것입니다. 주변의 친구들과 선생님이 위험하다고 의자에 앉으라고 했지만 하루코는 몸을 움직일 수 없었습니다. 결국 그녀는 친구들과 수학여행을 함께하지 못하고 집으로 돌아와야 했습니다. 그 일이 있은 후 반 년 이상 등교도 하지 못했습니다. 집에서 생활을 하던 하루코는, 다행히 대학입시에 합격을 하여 대학생이 되었습니다.

대학은 집에서 인접한 대도시에 있었고, 하루코는 자취를 하면서 대학생활을 하게 되었습니다. 처음에는 순조로운 듯했습니다. 그런데 6개월 정도가 지났을 무렵 집에서 하루코와 연락이 닿지 않았습니다. 어머니가 자취방에 찾아가 보니 충격적인 광경이 펼쳐져 있었습니다. 방 전체가 물로 흥건하고 하루코는 촛점 없는 눈빛으로 허공을 보고 앉아 있었습니다.

이노우에 씨는 어려운 결정이었지만 딸을 병원에 입

원시키고 치료를 받게 했습니다. 그 무렵 이노우에 씨는 몇 개월 간의 입원치료 후에 퇴원하여 집에서 생활하고 있는 딸 하루코와 함께 슌스케 씨 집에서 진행되는 성서묵상회에 참석하기 시작했습니다.

하루코가 성서묵상회에 참석한지 몇 개월이 지났을까, 마태복음 5장의 팔복을 묵상하던 날이었습니다.

"마음이 가난한 자는 복이 있나니, 애통하는 자는 복이 있나니, 주리고 목마른 자는 복이 있나니⋯⋯."

성경을 읽고나자 하루코가 물었습니다.

"선교사님, 왜 예수님은 이런 사람들이 복이 있다고 말씀하시나요? 이런 사람들은 불행한 사람들 아닌가요?"
"하루코는 어떻게 생각하나요?"
"글쎄요. 잘 모르겠어요. 왜 불행해 보이는 사람들에게 복이 있다고 말하는지⋯⋯."

"그래요. 사람들은 각자 자기의 마음이 풍성하기를 바래요. 그리고 애통할 일이 없는 것이 행복이라고 말하죠. 그리고 주리는 것보다 풍성한 것을 찾으며 또 그렇게 구하죠. 하지만 마음이 가난하고 애통하고 주리고 목마른 것이 불행이기만 할까요? 그 안에 하나님의 축복이 없을까요? 이런 사람들에게 하나님의 축복이 사라진 상태일까요?"

"......."

하루코는 아무 대답도 하지 않았습니다.

"행복은 주리거나 목마르지 않고, 애통하지 않고 마음이 풍성한 곳에만 있지 않습니다. 오히려 행복은 마음이 가난하고 애통할 때 함께 나눌 수 있는 관계, 주리고 목마를 때 함께 보듬고 나눌 수 있는 관계 속에서 더 깊게 체험될 수 있어요. 우리의 삶 속에 가난, 애통, 고난 등이 있지만 오히려 이런 것들을 통해 우리는 다른 이들과 더 깊게 공감하고 사귈 수 있게 되고, 그 사귐 속에 더 큰 행복을 경험하게 되곤 하죠. 늘 풍족하고 행복한 것이 좋다고 생각할지 모르지만 오히려 그것만으로는 고통 당하고 있는 다른 이들의 공감하는 마음을 지니기가 쉽지 않아요. 가난과 슬픔, 그리고 목마름이 있기 때문에 다른 이들의 가난과 슬픔과 목마름을 공감하는 깊은 마음을 지닐 수 있게 되고 다른 이의 고난을 함께 나눌 수 있는 능력이 생기게 됩니다. 예수님께서는 이것이 복이라고 말하고 계시는 것은 아닐까요?"

그날 하루코는 질문만 한 것이 아닙니다. 묵상 나누기가 끝나고 기도의 시간에, 묵상회에 참여한 수개월간 한 번도 기도에 참여하지 않았던 하루코가 이렇게 기도를 한 것입니다.

"하나님, 감사합니다. 저에게 마음의 가난함과 애통과 목마름을 주심을 ……. 저의 이런 경험들이 나와 같은 아픔을 겪는 이들에게 작은 힘이 되기를 희망합니다 ……."

하루코가 기도하는 동안 어머니 이노우에 씨가 줄곧 눈물을 흘리고 있었습니다. 함께 하는 이들의 눈에도 기쁨의 눈물이 흘렀습니다.

현재 하루코는 대학4학년생입니다. 학교에 복귀한 그녀는 아르바이트를 하면서 학교생활을 열심히 하고 있습니다.

주석

재일대한기독교회

한국장로교와 한국감리교가 중심이 되어 1908년에 설립된 일본 최초의 한인기독교단이다. 일제강점기 도쿄에 모인 한인유학생이 중심이 되어 1908년 도쿄교회를 설립했으며, 1909년 10월에는 한국예수교장로회 소속의 한석진(韓錫晋) 목사가 일본으로 파송되어 도쿄에 거주하는 한국인 유학생을 중심으로 전도가 시작되었다. 1934년에는 '재일본조선기독대회' 창립총회가 개최되어 독립된 교단을 형성하게 되었다.

『침묵』

일본의 국민작가 엔도 슈사쿠의 대표 작품이다. 17세기 일본의 기독교 박해 시기에 포르투갈 예수회 소속 신부의 선교와 곧 이은 배교(背敎) 소식에 대한 사실 확인을 위해 잠복한 제자 신부가 겪는 고난과 갈등을 다루고 있다.

키리시탄

일본에서 전국시대 말기부터 에도 시대에 걸쳐 기독교[가톨릭] 신자를 일컬어 부른 말이다. 일본에서는 포르투갈 국왕의 비호를 얻은 예수회 선교사들에 의해 기독교 전도가 행해졌고, 이에 포르투갈어로 기독교도를 뜻하는 'christão', 'cristão'가 일본어 속에 '키리시탄'으로 정착되었다. 표기는 '切支丹'·'吉利支丹'·'幾里志丹'·'鬼里至端'·'毀理至炭' 등 다양하다.

시마바라의 난

1637년에 일본 규슈 북부의 시마바라에서 기독교인들 가운데 농민들을 중심으로 일어난 난을 말한다. 시마바라의 성주 마쓰쿠라 가쓰이에(松倉勝家)의 혹독한 세금 부과와 기독교인들에 대한 탄압으로 인해 일어났다.

지문날인거부운동

1980년대 일본사회에서 재일한인의 인권문제를 중심으로 전개된 외국인 차별 철폐 운동이다. 일본에 1년 이상 재류하는 외국인이 거주 등록을 할 때 반드시 지문을 날인하도록 의무화하고 만약 이를 위반할 때에는 1년 이하의 징역이나 금고, 또는 3만 엔 이하의 벌금을 부과하는, 1952년에 제정된 일본의 외국인등 록법 제14조에 대한 거부 운동이다. 1980년대에 들어 재일한인을 중심으로 지 문날인거부 움직임이 확산되고 이들을 둘러싼 재판이 각지에서 열리면서 지문 날인 제도의 수정이 불가피해지면서 일본 당국은 애초 3년마다 지문을 날인하 도록 했던 것을 1982년부터는 5년마다 날인하도록 했다. 그리고 1987년부터는 원칙적으로 한 차례에 그치도록 했으나, 1993년 1월부터는 지문날인제도 자체 를 폐지하기에 이르렀다.

후기

구약성서에 기록된 첫 해외선교 이야기는 요나서가 아닐까 생각합니다. 하나님은 이스라엘과 오랜 역사적 갈등관계에 있는 니느웨의 구원을 이스라엘인 요나에게 위탁하고 있습니다. 요나서에 기록된 거부와 반발은 이스라엘인들의 감정을 그대로 대변하고 있습니다. 이스라엘의 많은 사람들은 니느웨가 하나님의 심판을 받아야 할 나라이지 구원과 축복을 받아야 할 나라가 아니라고 생각하고 있었습니다.

하지만 하나님은 요나서 말미에 니느웨를 향한 하나님의 간절한 마음을 구체적 숫자로 표현하고 있습니다. "니느웨에는 좌우를 분별하지 못하는 사람 십이만여 명이 살고 있다." 하나님은 요나에게 니느웨를 하나의 국가체제만로 보지 말고 십이만명이라는 구체적 사람들이 살아가고 있는 인생의 현장으로 바라보라고 요구하고 있습니다.

한국과 일본의 역사적 관계는 이스라엘과 니느웨를 닮아있습니다. 그래서 요나서에 나타난 하나님의 마음이 점점 더 절실히 다가옵니다. 일본을 향한 하나님의 마음이 얼마나 간절하신지, 그리고 한국교회를 향한 하나님의 사명이 얼마나 분명한지를 느끼게 됩니다.

일본에서 오랫동안 선교사로 살아오면서 '좌우를 분별하지 못하는 것'은 어떤 특정 나라의 어리석음을 비판하기 위한 문구가 아니라는 것을 알게 되었습니다. 이는 인간의 보편적 실존에 대한 하나님의 구속의 애정을 표현하고 있는 말씀임을 알게 되었습니다. 인간은 누구나 한치 앞을 보지 못하고 좌충우돌을 하며 상처받고 아파했던 경험을 가지고 있습니다. 어디를 향하여 나아가야 할지를 알지 못하고 캄캄한 칠흑과 같은 어둠 속에 휩싸여 있다는 두려움과 불안 속에 살았던 시절이 있습니다.

'좌우를 분별하지 못하는 사람들'이란 곧 나와 동일한 고난의 경험 속에 살아가는 사람들이라는 의미가 아닐까 생각합니다. 하나님은 이스라엘사람들에게 니느웨의 사람들이 자기들과 동일한 삶의 좌충우돌을 경험하는, 삶의 다양한 애환을 가지고 있는 평범한 사람임을 알기를 원하셨을 것입니다.

하나님은 일본의 선교과정에서 많은 사람들을 만나게 해 주
셨습니다. 그리고 한 사람 한사람을 향한 하나님의 사랑이 얼
마나 크신지를, 그리고 한 사람 한 사람을 향한 하나님의 인
도하심이 얼마나 풍성하신지를 알게 해 주셨습니다. 여전히
한일관계가 어려운 현상황 속에 있지만 일본 그리스도인의
삶과 그들의 이야기가 한국교회에 작지만 깊은 공감의 파장
이 되었으면 하는 바램을 가져 봅니다.

2021년 6월
일본에서 양주한 드림